SOPA DE LLIBRES

Títol original: *Pekarna Mišmaš*

Mallorca, 45, 4a planta
08029 Barcelona
Telèfon 932 172 054. Fax 932 373 469
e-mail: barcanova@barcanova.cat
www.barcanova.cat

Disseny: Manuel Estrada

Segona edició: març de 2007
ISBN: 978-84-489-1891-0
Dipòsit legal: B-5841-2007

Imprès a AK GRÀFICS, S.L.
Indústria, 10-12. Polígon industrial El Pla
08980 Sant Feliu de Llobregat
Printed in Spain

El forn d'en Musaranya

SOPA DE LLIBRES

Svetlana Makarovič

El forn d'en Musaranya

Traducció de Simona Škrabec

Il·lustracions de Mercè Arànega

BARCANOVA EDITORIAL

Dedicat a la Tima i a tots els gats que han marxat de casa nostra.

FORN
MUSARANYA

Sortint del poble de Ratoliu hi havia, fa temps, una casa antiga i bonica. Sobre la porta hi penjava el rètol:

FORN MUSARANYA

De bon matí, tot el poble s'omplia amb una olor meravellosament dolça de pa acabat de fer.

L'olor despertava els habitants del poble, que tot seguit anaven a rentar-se a un rierol d'aigües cristal·lines i després feien cap al forn.

Cada dia començava amb set classes de pa diferents, totes molt bones: pa rodó fet de farina negra, pa de pagès amb farina de sègol i perfumat amb petits granets de comí, petits i cruixents,

panets d'ordi, barretes de blat
de moro amb crosta llisa i torrada,
pa de fajol adornat amb nous
o amb llavors de rosella, tota
classe de pastes de pa de Viena:
croissantets, barretes i llonguets...
i, és clar, no hem d'oblidar el pa
de llet, revingut, blanc com la neu,
flonjo com un sospir i guarnit
amb trenetes de pasta.

Els dissabtes hi havia
altres sorpreses per als nens:
pastes salades, galetes de mel,
pastís de mantega farcit de nous,
corones de melmelada, neules
amb canyella d'aquelles
que es desfan a la boca.

El forner Musaranya
era un home prou curiós.
Ningú no sabia d'on havia vingut,
parlava poc, no tenia amics
i mai no entrava a casa de la gent
per més que se l'invités.
Tenia els ulls foscos i vius
i un bigotet a sota del qual gairebé
sempre hi ballava un somriure.
Semblava un follet, i fins i tot
és possible que ho fos.

Cada mes en Musaranya comprava a la molinera del poble, que es deia Gertrudis, tres sacs petitets de farina i res més. I ningú no es podia explicar com era possible que de tan poca farina en sortís tant de pa i a més a més un pa tan bo.

En Musaranya només somreia, murri, si algú li ho preguntava.

Finalment, la gent va acceptar
que la manera com feia el pa
només era assumpte seu
i de ningú més.
L'única que no s'hi acontentava,
de tan xafardera com era,

era la molinera Gertrudis,
una dona garrepa que sempre
malparlava de la gent.

A més a més, la turmentava l'enveja!
En tenia moltes de coses per dir
en contra d'en Musaranya,
sobretot perquè només li comprava
tres saquets de farina.
Per això cada setmana
li sobraven set sacs de farina,
que havia de carregar al carretó
i arrossegar-los una hora lluny
fins a Viladegalls, que és on vivia
un altre forner,
conegut com a mestre Gallina.

El forner de Viladegalls
tenia una manera de fer
ben diferent de la d'en Musaranya!
Gastava quantitats immenses
de farina, però de pa
en feia molt poquet,
i el pa que feia era pesat,
gomós i gairebé no es podia
ni menjar, i encara més,
feia pudor de gallinassa!

A causa d'això
els habitants de Viladegalls
s'estimaven més anar a Ratoliu
i comprar el pa a can Musaranya.
Us podeu imaginar quina ràbia
li feia en Musaranya
al mestre Gallina!

De fet, en Gallina es passava tot el dia assegut davant del seu forn mig ensorrat, gratant-se el cap amb els seus dits bruts i pensant com podria fer-li malifetes. Encara que també s'ha de dir que el mestre Gallina era curt de gambals i mai no se li acabava d'ocórrer res. Al seu voltant corrien i picotejaven les seves gallines, tan toixes i roïnes com ell.

Un dia,
quan la molinera Gertrudis
i el seu gat negre
van arribar a Viladegalls,
arrossegant el carretó
ple de sacs de farina,
que grinyolava
per la carretera polsosa,
van trobar el mestre Gallina
tot enfadat perquè gairebé
s'havia quedat sense farina.

—Per què heu trigat tant?
—els va dir en lloc de saludar-los.
—Ai, què puc fer-hi
si aquest gat infernal
és tan gandul —s'excusava
la Gertrudis—.
De tota manera,
la culpa de tot això
la té en Musaranya.

—En Musaranya
és la nostra desgràcia
—va sospirar el mestre Gallina—.
Però, Gertrudis, escolta'm,
no podries descobrir
d'alguna manera
com fa el pa
aquest home?

—Com vols que ho faci?
—va respondre la Gertrudis,
tota irritada—.
Moltes vegades
he provat d'ensumar
al voltant del seu forn,

però mai no hi he vist
altra cosa que foscor i silenci.
La porta d'entrada està sempre
tancada des de dins.
Com vols que hi entri?

—Probablement
fa el pa al soterrani.
Mira, aquí tens aquest estri.
T'ajudarà a obrir la porta, podràs
aixecar el baldó des de fora,
veus com ho has de fer...
Ho has entès?

—Això sí que va bé!

—va dir la Gertrudis,
preparada per actuar.

Aquell mateix vespre,
just després de fer-se fosc,
la Gertrudis va anar d'amagat
fins al forn d'en Musaranya.
La pesada porta
de fusta de roure
estava ben tancada,
però heu de saber
que per a les dones xafarderes
no hi ha cap porta
ni baldó prou forts...

Amb l'ajut del rossinyol
del mestre Gallina,
la Gertrudis ho va intentar
una i una altra vegada
fins que va aconseguir
aixecar el baldó.
Després es va esmunyir
cap al passadís
i va baixar les escales
que conduïen al soterrani...

Allò que va veure la Gertrudis
a través del forat del pany
de la porta de ferro
li va fer perdre l'alè
per uns instants!
El soterrani era una gran sala
amb les parets de pedra.

Als prestatges s'hi amuntegaven sacs de farina, de sèmola, de sal, de sucre, gerres plenes de llet i de nata, farcellets de llevat, saquets d'espècies...

Al bell mig de la sala
hi havia tres pasteres,
i sedassos, cistells,
bols i morters de pedra.
Darrere de tot hi havia
un forn gran i vell
que estava encès.
Però tota la sala
estava plena de ratolins!

N'hi havia que portaven farina
i la tiraven a les pasteres,
els altres preparaven el llevat,
els tercers atiaven el foc,
els quarts portaven oli,
sal, comí, aigua.
En acabat,
es van rentar les potetes
i van començar a pastar.

Els ratolins negres
feien la pasta per al pa negre:
—Tefeté-tefeté! Tefeté-tefeté!
Els ratolins grisos, diligents,
van pastar la farina d'ordi
per fer-ne panets:

—Tifiti-taf, tifiti-taf! Tifiti-taf,
tifiti-taf!
Els ratolins rossos treballaven
la farina de blat de moro:
—Tufi-taf, tufi-taf!
Una colla de ratolins platejats
treballava la pasta de fajol
amb nous:
—Tuf-tafatà, tuf-tafatà!
—Ràpid, posem la pasta
dins del bol, tapem-la
amb un tovalló,
i esperem fins que quedi llevada!

Els més petits dels ratolins
feien pastes per als nens:
—Tifititifitip-tap!
—Mestre Musaranya,
mireu aquest lladre,
ha sucat la seva cua
a la mel i ara la llepa!

—Ei, i tu què, que llepes el bol?
—Tranquils, ratolins, tranquils,
que les baralles fan malbé
fins i tot el pa més ben pastat.
Si sent paraules lletges,
el pa té por i no s'estarrufa
com cal...

—Ara li toca al pa de llet!
—Passeu la farina pel sedàs,
escalfeu-la, ràpid!
El forn és prou calent?
—Oh, oh, com crema!
Ai, Musaranya,
que m'he socarrimat
els bigotis...

Ja n'he vist prou,
es va dir la Gertrudis
i va esmunyir-se cap a casa seva.

Els ratolins van posar
el pa llevat a les pales
i el van ficar dins del forn.
En aquell moment el rellotge vell
que hi havia a la paret del forn
va tocar mitjanit.

En Musaranya
va mirar al seu voltant
d'una manera especial
i amb la mà va fer
un gran cercle a l'aire.
I mireu: de cop i volta
es van encendre els llums
de grans aranyes de colors,
es va sentir música,
els ratolins es van convertir
en homenets petits i graciosos,
vestits de festa amb sedes, brocats,
vellut i roba entreteixida
amb fils d'or.

Arreu hi havia gerros
de cristall preciós
plens a vessar de flors.
A la taula, tot de menjar
i de fruita; el vi vell guspirejava
als vasos.

En Musaranya seia
al mig de la sala,
assegut en un tron de vellut
i somreia humilment.
Els homenets cridaven
sense parar:

—Llarga vida per a en
Musaranya, el nostre amic i rei!
—Visca el pa bo,
visca tot el que és bo!

Els petits senyors van ballar
amb les petites dames
que es ventaven excitades
amb ventalls petitíssims
fets de seda grisa.
Cridaven i feien brindis
i formaven el grup més alegre
que hàgiu pogut veure mai.
Es van asseure al costat
del tron d'en Musaranya
per començar a parlar
sobre la cosa més bona
que hi ha al món, el pa.
Se n'explicaven històries i contes,
cantaven cançons,
feien endevinalles
i discutien com podria
el forn Musaranya
fer el pa encara més bo.

Parlaven sobre com es feia abans el pa, fa més de mil anys.

Mentrestant, la Gertrudis va despertar el seu gat, que dormia al molí, i el va portar davant la porta del forn.

—Entra per aquesta escletxa, ràpid —li va dir a cau d'orella—. Llavors continues baixant per les escales que van al soterrani. T'esmunys per sota la porta cap a dins. Allà és tot ple de ratolins, saps, quan hi siguis te'ls has de cruspir tots!

El gat va obeir
i es va esmunyir a la sala
i va quedar bocabadat.

—On són els ratolins?
—va cridar quan va veure
les petites senyores
i els petits senyors
vestits de tots colors.
Aquests van començar a córrer,
esparverats. En Musaranya
va agafar el gat a la seva falda
i li va oferir menjar.

El gat se'n va refiar de seguida,
d'en Musaranya,
i li ho va explicar tot:
li va contar que era la Gertrudis
qui li havia dit que hi havia ratolins.
Llavors també li va dir
com el tractava de malament.
Li va explicar tot
i després es va deixar consolar.
—Mira, gatet
—li va dir en Musaranya—,
si tu ens promets que mai més
caçaràs cap ratolí
podràs venir sempre que vulguis
per ser el nostre convidat i amic.

Aquests petits homenets
que veus al teu voltant
són un poble antic.
Una maledicció els va convertir
en ratolins per sempre més,
excepte entre la mitjanit i la una.
Per això no sabràs mai
si el ratolinet que acabis de caçar
és un d'ells. Bé, què me'n dius?

—És clar que sí
—va cridar el gat—, és clar
que deixaré els ratolins tranquils!
Deixeu-me que em quedi
amb vosaltres! I la Gertrudis
que es mengi ella soleta
les seves farinetes!

Va tocar la una. La sala de festa es va tornar a convertir en un obrador qualsevol; els ratolins estiraven els braços mig adormits i badallaven… Del forn ja en sortia l'olor del pa acabat de fer. Tots plegats van ajudar a portar-lo a la botiga i llavors se'n van anar a dormir…

Al matí, la molinera Gertrudis va ser la primera de llevar-se. Es va posar davant del forn i va esperar que vinguessin els habitants del poble.

—Un croissant farcit de nous, si us plau —va dir. En Musaranya li va donar el croissant i es va girar per atendre el pròxim comprador. En aquell moment la Getrudis va xisclar amb totes les seves forces:

—Dins del croissant hi ha un pèl de ratolí, Musaranya! Com és això?

En Musaranya se la va mirar, sorprès.

—Això no és possible —va dir.

—Com que no és possible? Ho saps molt bé, tu, que sí que és possible! Ei, mireu! Dins del croissant hi ha un pèl de ratolí!

Els habitants del poble van envoltar la Gertrudis.

—Ensenya'ns on és el pèl —va demanar una veïna.

—Ai, m'ha caigut per terra
—va dir la Gertrudis—,
però és igual,
era un pèl de ratolí!
—I com ho saps que era
precisament de ratolí?

—va intervenir una altra veïna.
—Ha! Ha! Que com ho sé?
Pregunteu-li al Musaranya
si era un pèl de ratolí o no!

La mirada d'en Musaranya
era enfadada i trista alhora.
Aquella donota de la Gertrudis
havia aconseguit descobrir
el seu secret.

Un veí es va enfadar:

—Tant se me'n dóna,
un pèl més o menys!
El pa que fa en Musaranya
és el més bo de tots els voltants
i punt. Senyor Musaranya,
doneu-me cinc quilos de pa
per a mi, si us plau!

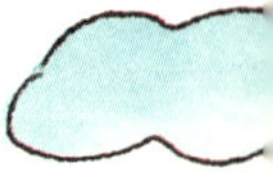

La xerrameca de la Gertrudis no parava:

—Us explicaré com fa el pa aquest senyor Musaranya! Els ratolins li pasten el pa! És un bruixot, us ho dic!

I vosaltres mengeu el pa embruixat!

La gent va emmudir i després va esclatar a riure.

—Aquesta dona s'ha tornat boja,
ha perdut el seny —deien—,
emporteu-vos-la d'aquí!

—Jo mateixa ho he vist
—cridava la Gertrudis—,
i no eren ratolins normals, no,
tot el que hi havia allà baix
al soterrani, tot embruixat!

—Gertrudis, controla't
—la calmava una veïna—:
però tu saps què estàs dient?

—Ho sé, ho sé
—cridava la Gertrudis—.
Aneu-hi, aneu allà baix
i veureu vosaltres mateixos
que no dic cap mentida.
Esteu comprant el pa embruixat,
amics!

Entre els habitants
es va anar despertant la curiositat
i van decidir de fer cridar l'alcalde.

—Bon dia, senyor Musaranya, va tot bé? —li va dir l'alcalde.

En Musaranya estava tan trist que els seus bigotis li penjaven cap avall.

—Pregunteu-ho a la Gertrudis —li va dir en veu baixa, i no va voler continuar la conversa.

—La Gertrudis és dolenta
i ho ha confós tot
—replicava aquell home
que havia comprat cinc quilos
de pa—. S'ha inventat
una història sobre ratolins
que fan pa per al nostre forner
i, a més a més, ho ha amanit tot
amb faules sobre la bruixeria.

Quan l'alcalde finalment
es va assabentar de què es tractava,
primer va començar a riure
perquè no podia creure
que una cosa així fos possible.
Però a ell també li interessava
com feia el pa en Musaranya,
sense ajudants i que sempre
li sortia tan bo.

—Musaranya,
si vós ens ho permeteu,
aquesta nit nosaltres voldríem
observar-lo mentre treballa.

En Musaranya callava, no volia parlar de cap de les maneres.

—Qui no diu res en contra
és perquè hi està d'acord
—va dir l'alcalde—.
Ens veiem, doncs, aquesta nit!

La gent es va dispersar, però durant tot el dia no van parlar d'altra cosa que d'en Musaranya i del seu pa. N'hi havia alguns que s'havien cregut la història de la Gertrudis i d'altres que no. Però tots sentien curiositat per saber com era l'obrador d'en Musaranya.

Al capvespre
es van reunir davant del forn.
L'alcalde va trucar a la porta.
Res. L'alcalde va tornar a trucar.
Tot era silenci.
Els habitants del poble

es van començar a preocupar.
I si li ha passat alguna cosa
a en Musaranya?

Van passar una bona estona trucant a la porta i res. Finalment van decidir esbotzar la porta.

Però només entrar al passadís van veure que tot era buit. Van veure que les escales de pedra que conduïen cap al soterrani eren cobertes amb un dit de pols i que pels racons hi penjaven teranyines velles.

Van anar al soterrani i també van esbotzar la porta per entrar a la sala. Era buida, plena de pols i de teranyines enormes, vellíssimes.

Al primer cop d’ull
ja es veia que allà dins
no hi havia entrat ningú
des de feia molts anys:
totes les teranyines
eren senceres,

la pols que cobria el terra
no tenia cap petjada,
cap rastre enlloc.

69

—Hola, Musaranya
—va cridar l'alcalde.
L'única resposta va ser
l'eco de les parets buides.
La gent es miraven
els uns als altres
amb uns ulls plens de por.
Llavors van decidir
que era hora de sortir
i tornar a dalt.
Van escorcollar tota la casa,
però d'en Musaranya
no en van trobar ni rastre.
No el van veure mai més
i mai, mai més, no van menjar
un pa tan bo com el seu.

Prou que ho sé, prou que ho sé
on ha anat ara el forner.
Prou que ho sé, prou que ho sé
però jo no us ho diré!

En un poble llunyà
que ningú no us sabrà dir
hi ha la casa del forner
i jo me'n vaig allí!

En un lloc on els xafarders
no deixen viure en pau
hi viurà ben poquet
un conte com aquest!

FORN
MUSARANYA

Han escrit i han dibuixat...

Svetlana Makarovič

© Foto: Miha Fras.

Vosaltres, els cadells humans, és evident que no us podeu imaginar que la senyora que ha escrit aquest conte va ser una criatura entremaliada, com deveu ser-ho ara vosaltres. Tampoc no us podeu ni imaginar que, fa més de seixanta anys, aquesta senyora va tastar per primera vegada una llesca de pa de debò. Era una llesca de pa feta només amb farina: no li havien afegit ni escorça d'arbre mòlta ni panolles de blat de moro trinxades.

Avui, de pa, no en falta a cap casa. I si, a més a més, untes la llesca amb una capa de mantega ben gruixuda, de melmelada o bé de mel... mmm! Quin esmorzar tan bo! Però aquella noia d'altres temps gairebé no se'n sabia avenir quan va mossegar per primera vegada pa de veritat. Aquell tros de pa significava que la guerra s'havia acabat, que havien desaparegut les bombes, els udols de les sirenes, la por, la gana i el fred a les habitacions en les quals la calefacció mai no funcionava. Aquell tros de pa significava l'esperança i la seguretat.

Per això, durant tota la meva llarga vida m'ha acompanyat l'amor al pa. Sempre havia volgut aprendre a fer jo mateixa el pa d'una manera artesana. Vaig necessitar molt de temps per esdevenir una mestra en l'ofici de forner i també en l'ofici de fer contes.

Us he enviat, doncs, aquest conte del *Forn d'en Musaranya* amb el desig que el pa bo mai no s'acabi al vostre poble, a la ciutat on viviu. Ah!, i si a algú li interessa, em dic Svetlana Makarovič i escric poesia per als grans i contes per als nens i les nenes. Escric i faig pa en un país que es diu Eslovènia. Si mireu el mapa d'Europa, veureu que es troba lluny de vosaltres, però potser, qui sap, quan haureu llegit aquest conte, la distància ja no us semblarà tan gran.

Mercè Arànega

© Foto: Rosa Iglesias.

Vaig néixer a Badalona i ja fa uns quants anys que visc a la Garriga, i sóc molt feliç escrivint i il·lustrant contes.

M'ha agradat molt poder il·lustrar aquest conte de la Svetlana Makarovič, perquè quan el vaig llegir, de seguida em van venir al cap sensacions agradables d'olor de pa, de croissants, de pastissos...

Amb els dibuixos he volgut expressar tota aquesta varietat de personatges, ambients, formes i colors que explica el text, perquè volia despertar en vosaltres el gust per la lectura. Espero haver-ho aconseguit. Vaig estar mirant moltes fotografies de musaranyes, per tal de fer que el forner hi tingués una certa semblança a aquest animal tan simpàtic...

Confio, doncs, que aquest llibre us agradi i us ho passeu molt bé llegint-lo i mirant els dibuixos. A mi m'ha semblat molt divertit, i us confessaré que, mentre el dibuixava, em feia venir gana.